我只為你寫詩

劉少雄——著

獻給　玟玲

目次

之一 四季組曲

之二 花之物語

之三 愛或不再

之四 請勿踏碎我的夢

之五 想起那美好

之六 記憶光景

之七 愛情故事

之一

四季組曲

煙火

愛情如風，風
如水，水如你
凝望青山一髮
是我悠悠的思念
隨著波浪遠送
那拍打崖岸的飛雪
啊，如煙火
多美好的祝願
年年在
驚嘆聲中灑落……

（二〇一五）

初夏

潮聲在我夢中浮蕩
我在山上看雲
看縹緲的雲隨柳棉
飄落紛紛如白雪
漁船在雪中返航
煙靄間一片寂靜
如素絹上等待
一首也許的詩
而風在搖盪
白浪翻捲紗簾

髣髴有人弄潮歸來
空氣黏溼了些
日光如水潑灑葉面
鳥聲也拉長了些

（二〇一四）

藍天

風吹松子落，聽見
整座山的空寂
雨雲潑墨，遮蓋了半個天空
如傘底下的心情我多麼期許
渾然在水珠湍飛聲裡
倏忽在風日之間
一切又淡然如細草
消散了餘香

藍天一片澄明

快樂與悲傷都感覺，好遙遠

（二〇一五）

留白

風
在紅葉黃葉間
寒暄

秋
卸下了舊袍
悄悄地
推開了木門

雲

帶著細軟
跟著遊子流浪去了

而家
是多年以後
回首那
彎彎曲曲細細長長的山水之外
留白的地方

（二〇一五）

有雲

涼風吹落了一片
雨後的木槿花瓣
一片翻飛上臺階

輕盈的腳步
你走來，淺金色的
鞋，蔚藍的裙子
屋簷上，有微微的
日光，天空有雲如你
穿著白襯衫，款款

徐步，走入了玻璃門
而光影反射，隱約
鳥兒滑過了樹梢
又不知飛往何處

步履如風
彷彿你走過此時
長廊外
又一片黃葉飄墜

（二〇一八）

秋風——悼念亡父

秋風從鯉魚門港口吹來
浪花拍打著短短的堤壩
漁船在微波中晃動
風聲，呼嘯過冷巷
走過對街，遲疑
選擇了兩側的山徑
萋萋芒草招搖之處
風，走入樹叢，稍稍
喘息，整理衣袂
縱身翻過了柏架山

雲之飛，草之動
如龍如蛇
蜿蜒直上，那山嵐
深處，髣髴見你
背手看雲，轉身
抖落一兩聲嘆息
而風，如是匍匐上後山
冷冷的墓園今夜
又撒落了一些些灰煙
風，依舊撫吻著這片土地
明年春天，它輕輕
掠過小孩的臉頰
少女的鬢邊，老人的背影
而一排紙鳶依舊隨風

徜徉在藍藍的天際

（二〇一五）

彩虹

吹不散眉彎
或是欲語的柔唇
有你的愛與想像以及
曾經許諾的一片綠野
紅花黃葉紛飛
好美麗的世界
是你織就的雲錦
淚眼與熱情都在

冷暖調和於一色
那是最純淨的守望
雨後，終也放晴

（二〇一五）

白雪

白雪覆蓋了枝椏
微芒的意志，如
棉被底下一個小薰爐
縹縹緲緲的一點清芬
有無天地間

梅心早發
綠葉紅花都未醒
那年今夜都如是

狼嚎在曠野
遠方煙硝不斷
晶瑩的雪花正飄飛
多麼美啊
呵氣的窗前，油燈熒熒
一頁篇章剛畫下了句號

餘下的空白
恍若風花雪外
行人踏著
不曾留下的腳印

（二〇一四）

之二

花之物語

百合花語

百合花開，百合堅執它
絕對的矜持，一室的芳馨
充滿著回憶，沉默地守望
隱喻，一個深情的人：
你不願放棄，對他的思念
也擔負不起，他付出的愛
然後沉默地告示：
還敢愛我否？
然後，盡情地美麗
盡情地枯萎

如白紗飄逸，落地窗外
晚風吹拂著薄薄的雲
冷巷空留一點寂寞
你為何不聽哀傷的歌？

咖啡杯上漂浮著一層雪乳
無法探知它的溫度，書頁
隨風，翻來空氣中一陣苦澀
你為何冰封著你的心？

百合花謝了，雲散了
乳花也融了，而你
貼近透亮的玻璃

呵一口氣，用指尖
往天空劃一道長長的直線
而後沿窗滑下，隨著
小黃蝶，高低
起舞，停落……
日式房子的草叢裡

（二〇一七）

四月流蘇

等待，長廊的盡頭
有人轉身顧盼，風
吹落了一地清陰
流雲飄過東側的窗外
橄欖樹上，天藍如海

彷彿有無，細細
碎碎的，如我
散漫的思緒
雨，四月的雨

停停，落落

已落猶開，流蘇
在校門的一角，花葉
掩映間，它依然
美麗。我隱約感覺
今年多了點抑鬱
不必想像也無須靠近
我默默避開往常的蹊徑

低首不語，翻看
字體空實之間
陽光斜照著書頁
如空中搖影……

想起似曾的仰望
四瓣花裂，如雪
如浪，灑下白茫茫的
一聲嘆息……想起了
詩句留白的暗喻
也想起了那年，輕紗
薄霧，你走過
流蘇樹下遠去的身影

（二〇一七）

海芋開遍了整個山谷

wherever you go, whatever you do,
I will be right here waiting for you.
——Richard Marx

如雨過，如雲霧散後
一切都難以回復
最初的天藍？

我們曾有的，永遠
不會消失，即使你已

遺忘，但我依然挺立
在山中守望四季輪迴
即使我也歷盡生死
喜歡你，我依然
一衣素雅，如當年
你喜歡的那樣，等候
在山中。你終會歸來
我深知已無法辨識此生
來世的你不斷改變的容顏
但我相信小黃花的祕密
你會知曉，你終會知曉
縱然飛花似夢，雨後
天晴，寤寐之間，走過
長長的黑暗，鑽出泥土

愛，如許多許多毫不起眼
的花穗，柔弱如絲，但
意志堅定它純白的苞片
優雅淡然的似若無情
卻不知，它亭亭屹立
斜風細雨，山鬼精靈
的淚，它永不枯萎
於是開遍了整個山谷
海芋又美麗了一片春色

而我依然守著季節
化作千千萬萬的花束
守在每一個瓶口，安靜地
等待，用心傾聽，如風

一般的細語（我喜歡你）
噢，那一聲，最初的相遇
對望，屏息，啊，心之動
那一聲沉默的巨響如新星
的誕生，種子之爆裂
花開此時，此處
白茫茫的一片山霧中
或者你真的早已遺忘
但我依稀聽見雨散
煙飛，白雲依舊隨風
你正走近我耳際
默默地唸著，如同
當年，現在彷彿之間
我用心聽著，遠處

有人背對插花女孩
想說卻不敢說的
那句，我孰悉的，話

（二〇一七）

繡球花謝後

白雲停佇窗外
藍天背後一點灰濛
涼風偶而掠過，葉片
微微晃動，日光如水
潑灑一串琉璃的幻影
在樹叢間翻飛起舞
而蟬鳴鳥叫爭嚷著
我們緩步走上陡坡
轉往幽幽的小徑
竹籬遠處有青山

烏雲更在山外醞釀
一場午後的驟雨
我們疾步過溪橋
遠看一排兩排繡球花
在山腳盎然一片綠意
夏末此時，多了些
殘餘的紫色，輕輕
點綴，也多了些抑鬱

而雨終於滴落溪田
汽車疾馳而過
回頭看谷底山徑
行人的傘面漂浮
如點點紅的藍的

花落雨聲中

（二〇一七）

一首關於木槿的詩

十月，就從木槿開始
晨光灑落，自流瓦
隨風，輕輕搖擺著花影
有些歡顏，在樹梢
草色依舊，有些
憔悴，在樹底

朝開暮謝，一朵
接一朵的，恍如
永遠的春日街景

素白一排嚴整的面容
出門時每天遇見
女孩兒著意塗紅
並且在，趕時間
的列車上，一起補妝

向人，盡情展示
美麗的五瓣風姿
落日醉顏，在無人
的街角，紛紛倒地
啊，明早醒來
依然美麗

那複製的笑靨

隱藏或者遺忘的心事
花下凋零的，無從
知曉。而你已習慣
仰首看雲，不管
雲已飄逝……
飄逝到那個地方？

但我知，你有
你的堅持與脆弱
無感於一聲聲的讚嘆
也不在乎別人不知
你也不知的自己
生著也死著的守在
一條小路的轉角處

流連？
十月已入晚秋了
我也不能久留
留下你，即將
離去之前，並寫下
也許明日
你依然的倩影

（二〇一七）

薔薇開在我夢的籬落

薔薇開在我夢的籬落
粉紅淺白一切都恬淡如風
沒有牽衣欲語的衝動
更無一點點刺痛
鏡中的花，安好如昔

曾有的笑與淚在浪濤中
沉浮，忘懷的總也記起
輾轉翻覆，等待
另一個夢中飄零

拍岸的水花，飛蕩
如素箋，散落的字句
在空中隨雲漫滅

擱在夢裡，破碎的
醒後又重組那美麗的詩篇
點綴，如曠野盡頭
天際垂落似可觸及的星光
渺渺茫茫，永恆的慰藉
啊，永恆的寂寞……
詩情，如閃閃亮光
暗隨流螢飛竄在草葉間
撲捉，意象即離之際
若隔江聽雨

窗前晃動的燈影

一種似曾的感覺隨時
被誤讀，也任意變改
記憶？如風過淺灘
水一般的冰涼……
而花，在我夢中浮現
也許是我醒來不斷
不斷的風霜雨露
滋潤著它，和我
不覺流下的淚

滲透著牆垣，小小的
隙縫，青苔圍聚柱根

而薔薇依舊
依舊在籬落開放著

（二〇一七）

之三

愛或不再

愛情

雨季還沒到來
我們已揣測它的酸度

白鳥隨著雲影
輕輕掠過梳妝的湖面

明日出門記住
帶把淺藍色的洋傘

並且，想像

荷葉滑落的一串水珠……

（二〇一九）

美好的時光——效新詩體

畫一片天藍
染一點花香
我知你心意
如雲一般的盪漾

留一處空白
題一句詩行
你知我心意
隨鳥兒一起徜徉

雲和鳥兒相伴
啊，多美好的時光

（二〇一九）

無題

花依戀著草
草依戀著樹
樹依戀著鞦韆架
鞦韆架依戀著風
風依戀著你

而你依戀著夢
而夢，散落
如花

（二〇二〇）

你在的時候——獻給天下的母親和孩子

你在的時候
一切都如溫室裡
堅實又鬆軟的土壤
給我營養，為我守護
愛與美的信念，並且
給予我支撐的力量
在自由的空氣中成長
展現我獨特的風姿
我喜歡的自己
便是你喜歡的模樣

你不在的日子
陽光依舊，喚醒
每一個黑夜，而夜裡
雨水默默滋潤著大地
如一顆種子的爆裂
星光已逝，它依然在
我想望的一刻，閃亮
而明日花開，是你
也曾的美麗，那許諾的
愛，它不曾枯寂

（二〇一九）

你怎知

我們閉目想像，窗外的街景
或者描述，昨夜夢中的情節
小雨飄過冷巷；風，吹落了
一張尋貓告示；有人佇立
櫥窗；車燈在後方閃過
所有的聲籟與色彩都在
一部短短的默片，等待
你配樂和著色，或者
剪接，顛倒敘事
的結構，但

你怎知我看見的
天藍是你的天藍？

（二〇一九）

雨雲密集廣場的上方

冷氣徘徊在半空
雨，欲下不下
想你的心情在書頁
翻覆，不曾停佇
一字一句，如離群
的鳥，鼓翅欲飛
茫茫不知所歸

你已習慣在人群裡尋找
孤獨，在黑咖啡中

品嘗失戀的滋味
耳機迴旋著愛的誓言
哭著喊著想著自己活著
並且始終都愛著，Line上
不斷更換的主頁偶像
就如手中揮動著螢光棒
多熱情，多賣力啊
拍打著翅膀，跟著
高亢的音符，一直
一直攀升，好像
擁抱著整個夜空
那一點點冷冷的星光

一片白羽悄然降下，此時

雨雲密集廣場的上方
彩排的樂音緩緩響起
你的手機傳來即時訊息：
「今晚的演唱會，照常演出。」

（二〇一六）

火與煙——for my hometown

寒冷會生煙，熱氣
也會生煙，而火生
的煙，綻放花彩
燦爛一夜的星空
美麗我們的港灣若夢
也令人神迷，如在
霧靄裡的一線霹靂電光
在暗黑中穿透你心
或者積聚濃稠，茫然
不知去向，無力的看著

渺茫的一點綠光閃耀
在遠遠的對岸，而人
已隨風散滅

天雨無情灑落
山林一片焦煙瀰漫
夢想？只剩爐火一縷
白白的輕煙撲向
漫天雪花……

（二〇一九）

顯影

白雲隨波浪漂浮
對岸的高樓倒映水光中
悠悠蕩蕩的，恍惚
如夢，而未顯影
想起暗房中那段歲月
我多麼期待，景象分明
如我目睹的世界那樣的
真實又那樣的虛幻

煙花終於又燃亮了

整個港灣，燈火樓頭
輝映，背後是山
山上星光隱隱
而人在歡笑聲中
喀嚓，留住那永遠
四千分之一秒
的美麗

（二〇一九）

當一切都不再

不再出門不再寒暄不再
牽手與擁抱不再看見
男孩在長長的滑梯溜下不再
聽見小女孩盪鞦韆的笑聲
公園裡不再有蹺課的學生
偷偷寫情書偶而抬頭看遠遠
飄過的一片雲彩不再有
外傭推著輪椅樹底下打盹
的老翁也不再有人
在路邊咖啡座抽菸

黑貓懶洋洋地爬過了矮牆
城門關閉了不知道的世界
天空明亮遼闊何處飄來
淡淡的花香而終於水清見魚
遊戲在雲影日夜走過的
我們的廣場與堤岸不知
有多期待這久已遺忘的記憶

其實我們沒有忘懷
失去了更希望擁有
隔著玻璃窗照見自己的容顏
重疊著山色變化街燈亮了
又滅而星輝在遠處閃爍

我們仍關心著縱然不說
死亡在遠方的數字不斷增加
我們的恐懼或者甚於那假設
但畢竟我們仍活著在小小的
空間長長的時間在無聊發呆
滑手機聽流言蜚語然後責罵
那些無知疼惜那些無助卻無力
驅趕房間外蒼蠅依舊嗡嗡嚷嚷
我們終於剩下自身須認真對待
當一切啊一切都不再這也許是
世上唯一的需要的愛

（二〇二〇年三月新冠病毒疫情惡化，義大利政府發出封城令，宣布全國封鎖。看國際新聞後，有感而作。）

之四

請勿踏碎我的夢

Sound and sense

我為自然的聲籟感動而嘆息——
那些重音落在海面，濺起浪花似雪；
輕音如細雨，滑落花心，輕撫她的臉頰；
或者化為無言的露水，休止在草葉間。

我為自己所寫的詩篇而感傷——
無關乎格律或意象，呢喃的話語，
平淡如風吹雨過，秋葉翩翩的世界，
一去無蹤跡，我渺遠的夢啊，我曾經的愛……

誰來朗讀葉片的紋路，湖面一波一波的漣漪？
唱針在膠片上旋轉著往昔的韻律。
如夢中景象，那氣味，那光影，髣髴薄紗裡
那雙定靜的眼神，遙望，水波蕩漾之際，天藍如昔。

過去的也曾現在，而現在的轉身已過——
我沿著小徑走去，有人，從山上走來，
石板路交錯著你我之前或之後的跫音不斷……
而空氣鼓動著風，披拂過草叢，又無聲地隨雲而去。

（二〇一四）

請勿踏碎我的夢

But I, being poor, have only my dreams;
I have spread my dreams under your feet;
Tread softly because you tread on my dreams.

——*He Wishes for the Cloths of Heaven*, by W.B. Yeats

不知怎樣重回夢中世界
滿山的櫻桃
細雨霏微

那年那些事那些人

我試用金線織縫
一幅記憶的鍛錦

我如何去尋覓煙靄裡
孤鴻隱沒，折取
鏡中之花

感覺如靜待沖洗的底片
如星光墜落古井
在暗黑中，顯影

那些景象，默默流蕩
一條哀傷的長河，無聲
無息，在你我的凝望裡延伸

跨越了時空，穿透雲層
雨，落在櫻桃花開的丘徑上
並且遺漏在夢壁之外

點點，滴滴……
思念如雨後的彩虹
啊，請勿踏碎我的夢

（二〇一四）

感事

簡訊傳來寥寥幾字
行距間的隙縫感到
微微一陣冷意

涼風吹掠我的鬢髮
抖落一兩瓣黃葉
老樹，跨出了矮牆
有人在垂枝下閃身而過

遠天空色如水

想起，那年夏日
腳尖輕觸海浪
微冷，羞赧地閃躲
然後轉身看雲
它便黯然退落
卻又不捨地奔回
海水，日夜低吟
並且用它一生的淚
撫平沙灘上的腳痕

月圓時，是它
滿滿的思念

（二〇一六）

天是一樣的藍

細語，微風，撥弄著
文學的隱喻和溫柔
如泥雕一座童話中的
堡壘，無關乎英雄
與失落的勇氣。掌聲
過後，白浪圍城
一字一句，都如
潰敗的游勇
細沙還歸大地

天是一樣的藍
樹根扎在歲月的土壤裡
如寫一首中文的詩
關關鳥鳴相應
走過藏鶯的翠葉，依舊
清晰可聞；你輾轉的
心事，無須翻譯

如初航的白羽
在空中翻飛，徘徊
倦還牠生息的家
而年輪，記錄著
牠族群的譜系……
每一回振翅，便擁有著

天空，管它一直一直
延伸到中央公園那一邊

微塵飄落橋底，隱約
聽見樹叢中老人咳嗽
輕輕一兩聲，黃葉悄然滑下
噴水池折影著落日紅霞
偏冷的色調
趁著天藍真好看

此刻，時間已發現
它的長度，在幽暗的
通道上，偶爾停頓
驀地回首，重疊的

那光亮的一點
是如此的近又如此的遠
而天是，一樣的藍

（二〇一六）

學院的牆

爐香隨著游絲盤旋
迢遞的鐘聲，繚繞的
心事，隔著書頁
我著意鋪色

未必如我想像的
那麼幽怨
欖仁葉落，而雨
已下了三日夜
沿著石牆這堆貼磚塊

的石牆，我略感微寒

上下梯間會否相逢？
刻意的編排，猶疑
恍惚之際，迴盪的
腳步聲，隨風
推開了木門——
偌大的房子啊
一張椅，空無人影

簷下斷續的雨線亦非
哀怨的那種，唏嘘
嘆息。我任意撥動記憶
那畫面，一格一格的

翻轉，拉扯，然後放手
一縷銀白的光束是她
轉盼回眸我依稀記得

雨水積深了苔痕
我必須回應那沉默之約
讓思緒奔馳，不擇地
而出……水漬已蔓延
到樓板，隔著這堵
長長的石壁，可以
想像，但不能跨越——
詞之為體，要眇宜修
時間，穿梭於隙縫之間

延宕，並且容許我準備
思索，未來行事的方向
暫時界定，一種關係
並且等待，空間
重新定義

學院的牆是我
必經之路

（二〇一六初稿，二〇一九修訂）

我必須寧靜我的心

If I can stop one heart from breaking
I shall not live in vain

——Emily Dickinson

我必須寧靜我的心
如漂浮外太空
一片孤寂，遠遠
回望地球，我的家
沒有所謂鄉愁
也無恩怨，只是

靜靜地看著，時間
僅餘唯一的聲籟
聽著心跳若有若無

那是多麼美好的世界
曾經的愛，與救贖
一隻受傷的知更鳥
在我們的呵護中，展翅
飛回牠的巢穴
詩人如是歌詠：
啊，沒有虛度此生
然後結伴遷徙，由北
而南，繼續報曉
唱，最後的一支小夜曲

地球如是轉動它的美麗
在遠離引力，背向
日光之處，我的凝視中
藍與白的一片澄明
沒有暗影，我多麼期盼
我的心，是如此的
寧靜

（二〇一六）

想你在晚秋

沒有你的日子
行道樹在秋風中搖晃
晚雲飄過圖書館的鐘樓
小孩追逐，躲藏
穿梭於文學院的廊柱
笑聲在我身後消失
草樹在路燈下，光
與影之間，高低掩映
想起那年，與你
初見，相識，分離

定格在，你回頭
最後的一瞥

想你日暮歸來
躊躇恍惚的樣子
伯爵茶正端在手中
紙杯上的印漬，那溫度
那色差，我努力拼接
同樣背景的兩張底片
也曾的靦腆；放大柔焦
或許，加些迷濛的效果
一切，一切便都無痕

如你走後，那靜靜守候

在藍杯裡的開水
吸納了沉沉的溼氣
我倒入花盆中，有種
虛空墜落的感覺，貼近
那瓷白杯底，然後
一陣茫然……

萬年青葉，在暗室裡
生長著。此時，走在
歸家途中，我終於
看見，鐘樓背後一顆
孤懸的星，在風中呼喚
不曾忘卻的愛，等待
我追尋，失落，回眸

仰望，啊
它，原來早已在那裡

（二〇一六）

迎面而來的風

這次你真的要走了
一切都歸於空無
沒有留言也沒貼圖
黑幕就這樣圍繞四周
只有心中微亮的一點
曾經的愛，閃爍
在渺遠的天際
指引我以方向

如我當年仰首穹蒼

尋覓，發現，往昔的
一點，光，遠遠垂下
一條長長的白絲線
我便攀援到夢的邊緣
彷彿與另一端的你
拉近，對望，擁抱
不同時空，虛幻的景象
投影於晶瑩的一顆淚珠
掉落幽深的潭底，撲通
漣漪微動，無聲的水面
不斷擴散如雲之崩裂
我便從夢境翻身跌落
虛空之中如流星狠狠
摔在失去名字的鎮上

你及你的一切，如煙
如霧，不知散滅到那裡
連遺忘也遺忘了自己

不同的形體，你或我
不同的名稱，愛只是
一種動能，一種生命的
成長和蛻變，必須追尋
探問，才能相遇，那一點

啊，那一點微弱的光
便足以明耀黑暗的夜
尤其雨後，這樣的晚秋
這樣寂寥的街道——

東西南北雲散了
月亮又圓圓的高掛
天橋盡頭的轉角處
（據說今年最接近地球）
夜空沉默地看著我
沉默地想著……
一陣風迎面而來
在我悄然走下階梯時
是你，擦身而過？

（二〇一六）

之五

想起那美好

下雨的時候

Sometimes when it rains

——Secret Garden

水珠自你的瀏海滑落
我隔著濛濛窗玻璃
回想那年——
下雨的時候
你遠去的身影

車聲疾馳橫過

直巷的盡頭，濺起
一片水花，瀟灑如你
揮手撥開那溼冷的黑髮
是的，它終將撒落
點點，啊，破碎的琉璃
跌入雨中我髣髴的世界
目送，你轉身回望
一切都靜止，無風
如鏡的水面……
有鳥急飛掠過？
眼波微動之間
嘩啦嘩啦的雨聲
淹沒了長長的小巷

雨不停地流著
隔著窗玻璃
我低首看著紅的一朵
如傘之花
在雨中漂浮

想你，於是想起了你
下雨的時候，你在
街角轉彎之處
驀地正回首

（二〇一七）

那年夏天

一

想給你聽見，讓你
看到，音籟中海水
的氣味，色彩裡有我
美麗與哀傷的心聲

雨水從山那邊飄過你
的陽臺，雨後斜陽
微風，掠過你

額前溼溼的短髮
那時彩虹垂落遠天
你我恰好相逢
如在夢裡，擦身
走過，回望的一線
折射的光影

絢麗而且短暫
如餘霞漫滅……
那年夏天，留下了
一些些，記憶
啊，一些些
斷裂的詩句

二

時間，挪動了梯間
的陰影，而風
依舊迴轉著一片片
紙屑，和一聲
嘆息的尾音

我曾為你草擬一幅畫像
關於夏日與愛，海浪
與沙灘上的腳印
我感覺的冰涼
在逆光中，有人
揚帆，離去

那年夏天，我竟發現
時間，在沙岸上徘徊
如一首詩的形成
來得不快，走也不遠
當我想起你的時候
如此刻，未來與過去
你與我都同在

（二〇一八）

早起聞雨

積壓的心事潑然如瀉
我踏夢歸來，帶著微微
有點海風，想起又記不起
是那一首似曾的節律
淅瀝如雨，詩行高低跳動
不是聲籟而是悵然
有些失落，在間歇之處
似無若有的那種依稀
存在的感覺，我記得

譬如在兩個晴日之間
夾雜抑鬱，而抑鬱
總留下一片空白讓記憶
無從溯流，宛在水中央
來過又走過的一縷雲影
夾岸苕花，縹緲
如夢，伊人凌波而去

悵然有些失落的
感覺，我隱約記得
當笑聲回歸它的寂靜
有人即將起行，默默
相約，聽雨夜眠，在
下一段的旅程……

而潮汐漲退之際，潺潺
雨聲中，我隨海浪歸來

（二〇二〇清明，雨後三天作）

想起那美好

教堂的鐘聲迴盪
細草微微撥動之間
流雲如我的心情
飄往海天相接之處
一滴水珠自葉尖滑落
穿過了我的指縫我感覺
土裡的胚芽在騷動
想起了花葉曾有的光澤
潑灑在風日交融中

如水一般的清冷
喚醒又令人沉醉
那美好的記憶
如同隔著川流對望
閃閃的鱗光，暖風
吹拂著蘆絮，而行舟
去後，海天相接之處
微浪一波一波地回傳
然後在石岸縈繞

想起那未完成的詩篇
徘徊在段落中間
不知如何承轉，此時
兩三點雨絲不知

從何處飄來，我想
你早已點亮了燈
守著窗前，等待——
我抖落身上的塵土
帶著空蕩蕩的行囊
我從童年的山上歸來

（二〇二一）

雨夜讀詩

那是一首悲傷的歌
古老的河邊此刻
我隱約看見書燈下
蘆葦彎腰的水岸
即將滴落的一顆露珠
交疊著他瞳眸中
另一雙遙望的眼睛
在水的這一頭
到天的那一方

溯洄從之——
我也疲於追逐
太陽落在山的盡頭
明日又從雲海中升起
溯游從之——
水光倒影裡看她簪花
一笑，琉璃如彩霞
碎裂於天際

我撿拾紛飛的意象
並且翻到詩的另一頁
窗外傳來滴瀝的雨聲
彷彿打在枯敗的荷葉上
喃喃細語如聽她唸著

只喜歡的一句詩
不覺船移……
而來自清淨無塵的水榭
忽地風起詩人看著也許
一樣微微搖動的漣漪

思緒便隨之起舞
而雨聲，燈影，彷彿
有種若夢的感覺
那飄飛的紅葉擬想
它浮沉水面或是盤旋
在高高的圍牆下打轉
而詩中那些美麗又哀傷
的文辭，隔著兩個

不同的世界，出入
詩裡詩外，你的
我的他與她的情意
如隔岸相看
雨聲不斷，滴落
池塘，江河，大海裡

輾轉反側我依稀夢見
那年的一個秋天他徘徊
蘆葦彎腰喝水的河邊
露珠終於滑過他的指縫
陽光穿透晨霧薄薄的
輕紗捲起了涼風吹落
詩集攤開的一葉

柳染色的書籤

（二〇二一）

如一場雨中的初戀

冷風如切割的刀
劈開兩邊的芒草
雨不停地下著
溪流暴漲，夾泥沙
而落，跌入下坡
平緩的水面，如
快與慢的節奏激烈
碰撞，拉扯，糾纏
如一場雨中的初戀
激盪的水花
嘩啦啦的混入雨聲中

雨聲隔著陽臺
窗玻璃上一片迷濛
黯然若夢，輾轉
參差如那水草
在溪流中，忐忑
等待，左右
尋索的指尖

輕柔的碰觸
水珠滑落了窗鏡
朦朧與清亮之間
鋒面轉入了海面
而風緩緩搖動著野草

混濁的泥土已沉澱
而天色終於放晴
漣漪在水光中
而水光夾雜涓涓細流
訴說著情話，似曾
如是，在某日
轉醒的清晨

（二〇二二）

繼續歌唱，還是

我應該繼續歌唱
還是默默站在錯落
參差的枝葉上如你
看著離去的孤獨的雲
我可以帶著你的盼望
隨它飄到水天之外

我想我還是為你
唱一首美麗的歌吧
當陽光在柳條穿梭

薰風輕撫著岸邊的蔞蒿
水光瀲灩如你盈盈
的眼眸……小魚兒
譜寫著波紋間的樂韻
淙淙若風雨，而荼蘼
正開，春花落滿地

為此你也許希望
我唱一首無言的歌
草蟲嚶嚶我即將歸去
而你關閉窗戶之時
記得仰望那寧靜如夏夜
多麼短暫又多麼恆久
星與星眨眼，你我

不期而會，在
時空之內時空之外
一切都安謐無聲

（二〇二一）

再見詩人

我知道死亡你必須經歷
走過幽深的樹林，並且
聆聽夜鶯之歌唱啊唱
唱了好幾個世代
風隨意翻閱你的詩集
我喜歡的一種善變的花紋
是你遺留的孤獨？無聲
無息地潛伏在水岸微波中
謠傳的鬼怪終究無從考索
它是否轉身涉入，霧靄
消散的地方？我聽見

蘆葦顫抖的聲音你低吟
走過平靜的湖面……
隨風翻到下一頁的空白
啊，空白，是你
最愛編排的方式
如同你自選的詩集
結束在遺忘那一篇

遺忘？在無邊的空間
無盡的時間，無須
過度詮釋，你離去之後
會否，再度歸來

（二〇二〇年三月十三日，詩人楊牧去世。
次日，感而賦詩，執筆慨然。）

之六

記憶光景

冬二月遊來蘇寺

冰水滴落一條流動的虛線
如我的思緒難以接續
實有與虛妄間，那時
古剎簷下一片空寂。我在
千年老樹下仰望它枝椏崢嶸
凍雲冉冉，山色斑禿
而天藍得無聊作畫料
我已分心，無意聽禪
更不理會寺廟題字者誰
或匾額的筆勢如何接壤山與雲

之外的歷史，種族鬥爭與融合
一種特別，說不上來的憂鬱
盤旋在古木紋理，與紅衣
女孩調整光圈對焦之際
有人堆石祈福。是我
感覺的一種，無關於信仰
日影低低貼近軟草和殘雪
春光稍稍掠過眉眼，反映
木石之間，梵唄繚繞冷杉叢
我緩步融冰的古道上
前方是農舍，公路在橋頭
彤霞在遠山外，而海洋
海洋的騷動我知道
即將在東南方醞釀

當風濤在背後，楓林
還是松林那邊，一陣
一陣的，傳來

（二〇一六）

附錄：冬末遊扶安來蘇寺三絕

其一

寒山雪後靜無風，一樹千年古剎中。
閒看冰融檐溜斷，堂前積水有雲蹤。

其二

蓬萊樓上白雲峰，雪霽天光不改容。
殘滴懸枝多蘊藉，筆行山勢愛豪雄。

其三

寺門夾道冷杉叢，隨步行吟踏雪蹤。
最是日光憐草色，梵音更在舍寮東。

京都・印象派の記憶

雲霞一抹紅藤如舞衣
散落，空色猶有餘溫

她雙手托起並感覺
那飛躍如鳥翅的文彩
紙窗外傳來咯達一兩聲
是誰穿木屐走過山道
高低的石階昨夜雨後
有些溼滑也許是
微風搖動了竹影

旋轉半圈她仔細端詳
掌心裡的彩陶茶碗
一池柔細鮮綠的萍藻
髣髴雪沫漂浮有暗香
搖蕩淡然一絲絲苦澀
如春日溪邊草芽
似曾愛戀的滋味

泠泠水聲細聽不是
吊飾彩紙輕輕搖曳
是風軟軟吹拂著日光
掩映間玻璃鈴鐺晃動
她轉身靜看園中的沙
沙中之石斑駁的土牆

綠樹青苔此刻都在
夕照餘暉中冉冉移往
膝前一片櫻葉攏起
留有唇印的和果子上

光影黑白斜切一室
陰翳與空寂剛好
在苦和甘甜之間
她放下陶碗默默凝視
正壁一期一會的橫幅
然後起身步過長廊
夜空微微幾點星光
她拉上了木門
踏著雪馱返家

すみません——
一聲如疾風掠過她雙鬢
她驚呼一跌，看著
斜背書包的少女騎單車
倏忽轉出了巷弄
不見了蹤影

（二〇二一）

香港·懷想那些光景

蒼鷹盤旋玻璃帷幕上
兩岸的高樓參錯交並
疊映著彼此依存的影像
偶而陽光偶而雨，白雲
貼近窗鏡變換著鬟髻
柔柔薰風呵氣在鏡面
如霧起時，海上的帆影
渡越了雲層不知去處
水天茫然一片……
三月木棉花開五月落

四月是迷濛的季節
維多利亞港瀰漫著煙靄
山色有無之間海風吹來
葷腥的氣味而船笛
訴說著港灣的寂寞

我思念的人在思念裡
回憶如萬花筒中的碎片
每一轉動自成一種美麗
燈火迷離，既真實
又夢幻，我們在
高山俯瞰霓虹光影燦然
如望銀河星輝永不褪色
夜深人散了，只留下

長長的皇后大道東到西
而石板街依稀猶聞
月落之時，晚風吹
一整頁的影視報導
翻飛到電車軌上盤旋
流浪漢醉倒在路口
有人哼著歌兒返家

月光光，照地堂
蝦仔你乖乖瞓落床……

一陣溼涼正從山上飄落
對街的唐樓隱約看見
窗紗裡點亮了一盞小燈

而你的背影黯然
消失在夜霧之中

（二〇二一）

香港晚秋

十一月是寂寞的季節
散步在清晨的彌敦道
一瓣落葉飄過對街
初戀已是微塵一般的往事
晚秋的旋律，呢喃
在耳際，迴轉著
一格一格的畫面
搬演著一樣的劇情：

「她來，他遇見，同行的

列車，一趟短短的旅程
（請小心車門），一些
歡笑，對望，並且試探
交換，彼此的哀愁
與嘆息，而後不告
而別——留不住的背影
深藏的密約——他走了
她回來，多年以後
相識的車站，秋也一樣
的深濃，似曾的愛
也許，不是。」

行道樹簌簌墮下
幾瓣黃葉，在我跟前

又隨風，飛過堤岸
墜落海港去……
如霧初散，隔岸
高樓倒影，依然美麗
如她，趨前欲語
那麼親近

渡輪已駛離，淺浪
拍打著木樁，左右縈迴
碼頭內外沉寂了許多
船煙逆向飛回，然後扶風
直上，晴雲夾雜雨雲
隔著港灣的另一邊
太平山在雲後，高樓

一點，在橫雲破處
好遙遠的天空，卻如此
貼近。天空一樣的灰藍
十一月的氣候，清涼
天文台說：吹和緩至清勁
偏北風，早上有短暫陣雨
午後，天色明朗

晚秋的韻律已停歇
留一片空白，也不必
重聽。寂寞是
一個人，晴雲過後
走一條長長又彎曲的歸路

（二〇一六）

香港記事

堤岸的洋紫荊旗倒映
水波中，水潮順著
風的方向湧往南海
天色有些黯然，點點
細雨滴落木格窗檯上
瓶花縮瑟在冬日的午後
而折疊的情書還停留在
逗號以下一片空白

釣魚立燈流瀉著日光

香片茶煙隨風輕揚
渺渺茫茫的字句間
意象浮動如雲一般的
變換著色彩與造型
穿插許多浪漫的情節
等待沒有邊際的結局
也許真的是愛也許是
虛無如飄失的紙鳶
隱沒霧靄中不知去向

而雨聲終於靜止了
遠山煙嵐之間斜陽隱現
微光輕輕透入玻璃窗
膽瓶散落了一地黃花

冬日此時，隔壁有人
收傘，敲門，並且
帶上面具，準備參加
歲末一場化妝派對

（二〇二一）

臺北三景

一、森林公園

高樓搖影於水光之中
有雲往南的方向漂移
麻雀貼著池面逆向爭飛
棲息樹叢綠繡眼旁一群
白頭翁右邊枝幹上停歇
一隻紅尾伯勞有人指認
去年過境同樣在樹梢
那不華麗的羽色，低緩

的叫聲，聽著令人愉悅
而群鳥嘎嘎嘎嘎啼鳴
此刻我們不確定他說的
是真是假，只感覺
秋風吹皺池水
散亂了鬢髮，心事
淡然如日落褪色的紫霞

女傭推著輪椅臉貼手機
說著我們聽不懂的話
老婦靜靜看著黃葉
滑落了織花蓋毯
光影在垂柳間搖晃
而風吹著，穿越榕樹

轉彎的暗角，那步道
我曾進入村落錯雜的
巷弄，一戶一戶的人家
隨風流竄，走出參差的
燈影而後拉開夜幕
猶疑恍惚之間我們
正踏在沾溼的草葉上

遠方最高樓的光點已亮
鳥聲從後方斷續傳來
一道黑影在樹枝間呼嘯
我們看著猜想是否伯勞
飛去，並且聽見
拍鳥人收起腳架，轉身

和同伴相約明日的行程

二、動物園

站在同樣的高度看牠
也看你，如兩鏡相望
一瞬間，我們正在
發現上帝
創造世界的起點？

無須複述約翰伯格
觀看的方式，莊子
魚樂之辯，或是
沉思者冥想的姿態

男孩張開圓圓的眼睛
趴在欄杆看長頸鹿
吃樹上的葉地面的草
手裡拿著一包薯條
無尾熊卷縮在樹幹
瞇著眼睛看女孩
貼著玻璃緊緊抱著
手中毛茸茸的娃娃

陽光灑在兩旁
種滿花樹的斜坡
行人來去於通道
禽鳥在籠中起落
動物在圍圈進出

我們此時相遇
在恆河系地球亞洲
臺北動物園的偶然
一刻觀看著彼此
以不同的夾角決定
不同的影像述說
不同的故事

三、老街

年輕的街道終將老去
老去的街道保留著
年輕的心
等待
老去的人尋訪

（二〇二一）

之七

愛情故事

琉璃折影

一

搖櫓咿呀咿呀劃開了晨霧
海水從指尖浸透我全身
感覺它的流動，時間
逐漸擴散，連延如微波
我隱約聽見，渡頭
那邊，水石相濺
一陣寒風掠過了鬢髮
混和溼氣中的焦味

此時火滅而煙未消散
舢舨擺盪在逆流，緩慢
前進，我不時轉身
看熟悉，啊，已陌生的
海岸。兀然驚醒，如夢
的沙堆，童年與家
一木一瓦，起塌
翻落，滾滾浪波中
渺然不可覓

二

如她的眼神茫茫不知何處
當細雨如簾，隨風舒捲
鐵欄杆外一片空濛

我在樓梯轉角處看她
眉頭沾雨的髮絲撥開
霎時我感覺的冰涼蔓延
褲管直到我溼透的白襯衫
恍如走進她的瞳眸
穿過幽深的長廊我跌坐
黯黑的房間看見一線
如針的光束，我多麼
期盼它指引我心藍藍的
氣球完成它最後的爆裂
天空灑落金黃的雨花
多美麗啊……我便踏上
綠油油的草徑尋訪
那失落的夢境

但我不能洩露，必須
沉默，如風吹過我的
臉頰，然後低頭不語
我登樓返回教室的座位
靠著窗，看山上微雲
散漫交錯，我想起
童年時曾經的仰望

三

我為你而著色為你而歌唱
音聲散落黑漫漫的海中
舞臺上看不見對岸的光點
一疊畫紙藏在我記憶的抽屜
偶而翻閱，許多往事，再

打開，卻空無一物
如沙上的碉堡多美麗的童話
在風中掀開又闔上，潮水
去又來，吟誦著永遠的
一首夜曲；你也許看過
不見它存在，此刻，聽了
卻不聞其聲；當一切
空寂如故，潮音退落
我走下臺階，在人群中
尋覓，喧鬧一片，並
發現，孤獨正與我同行

四

Uni-verse 宇宙

是一首詩？或是個人
喃喃的一聲嘆息？
迴盪著生命的節奏
如星光閃耀著每一個夜空
於是我讀進赫塞的鄉愁
一株最後的蓓蕾，攀摘
懸崖岩壁間，悄悄
沒人發現，放在她家
階梯上，也無從知曉
她是否已收到——
我理解的，酸楚，喜悅
和帶點詩意的心情永遠
留住心中——那青春的信息
其實，亦無須提起

他已決定，不得不
成長，去陌生的城市
流浪，這我能理解
沒有了家，群山回不去
火車冒起濃煙，走出
長長的隧道，他托手
凝望，遠方雲霞浮繞
多年以後，我也離家
在飛機窗戶上，想像
光影流轉間，遠處
彷彿看見，他抬望的
一雙深邃而迷惘的眼睛

五

於是，我默默寫起詩來
遊走迷霧雜草間，好像
踩在陰溼的沼澤上
我感覺，一點點冰涼
偷得片刻的寧靜
如盪著木舟，輕輕
收起了雙槳，在海灣
深處，微風吹拂
我翻開詩集，偶而
抬頭看一片白羽
隱約，飄飛雲霧間
惘然推開夢的帷幕

雨點打在後院的泥地上
木葉散落，紗窗外
房東老太太的鞦韆架
在風中搖擺，我想起
遺漏的詩句，但不知
丟棄在那裡……

六

我想起了你，那年
微涼的夏日沒有風
綠樹遮擋了陽光，蟬鳴
鳥叫，聽我說詩詞
藍天一片浮雲，緩緩
轉換它的身影，好像

愛情的話語，變化美麗
的詞藻，各種隱喻，你我
猜測，心中無非一種感覺
讓你知曉，愛，如雲散後
天空無須點綴，也一片
澄明。那時雲影流出
你明亮的眼眸，深靜如海
反照著日光，粲然
向我，不覺點頭
太陽斜照薄殼曲面的教堂
歸家的路上，我聽見
心裡迴音中有你，和我
默默期待的鐘響
車窗此時折射，啊

一彎弧形的彩帶
我記起，啊
不應忘記
童年最後轉身
回望……海霧消散了
淡淡一縷長虹，隱隱
出現我家，火爐中
灰黑的煙囪上

（二〇一九）

我們的愛情，故事

已達未達之際，我們
的心，在空中滑翔
多優美的姿勢啊，隨風
翻轉，即使有些亂流
身體略為傾側，也不知
天空一直延伸到那裡
極光那邊有多炫麗
在這我孰悉你孰悉
的世界，一種羽色
一種氣候，決定了

我們的習性，每日的
歸程，都如是背著夕陽
暖暖的紅霞，輕輕滑落
暮色深處的巢穴，等待
明月，星光與我們對望
幾億光年就在，此刻
伴著你我入睡

不知歸往何處也不知
從何開始。愛情
就像清溪裡的水流
點滴成河……
一兩瓣落葉，點綴
幾尾游魚，也許

增加一些紅日的溫度
偶而也結成薄薄冰淵
如素箋上鋪排的字句
湖底隱藏著的心事
一滴水珠，激起
巨大的聲響，如是
詩人的你的我的過去與現在
依違碰撞於一剎。愛情是
永遠的一首，被翻讀時
交會著點點淚光如星的詩篇

言意之外，並存著明與暗
在我專注一顆孤星同時許多
遠近的星雲，生成死滅

無聲中端看著你翻身而背後
窗框內的月光漸漸隱落畫幅
之外，一片空濛，如我
轉醒時看見的小小的世界
嬰兒的哭聲，斷續傳來
老人咳嗽，風，輕拂著窗簾
而夢裡的妖魔仙靈，歡怨悲喜
依舊穿插著變裝的情節，在你
躺著的身軀，靜如古井
不能測量，它的深度，並且
追溯，它的源流，我不知
不知緣何重構，你我
水世界中曾有的浮沉起落
的自在，曾有的渾然

一體的陰陽與晝夜，而後
分裂成形，追逐，尋覓
那遺失的一半，循環往復
如涓滴流出幽谷。其實都在
我知道，都在默默運行著
日昇月落，不斷，往前推進
大海，而後蒸發，再降臨
一滴渾圓的水珠自油油的葉片
滑落了古井，感覺是你
睡眼中滲出的一點淚

起來已遺忘，我的，你的
夢醒之際，事如朝露
化作一點漂浮的溼氣

白雲溜過了屋頂，今日放晴
早餐，工作，回家
晚飯，工作；傳Line
收Email；等休假
忙放假，然後，倒頭大睡
和你一起，生活，一起入夢
愛情是一首首躲在車廂裡聆聽
哀傷的歌；假日坐在客廳
共同觀賞的「美麗人生」
愛情更是平淡細小如水滴
汗珠，冷熱無色，似有
若無的，本來如是滋養著
一株野草，一個小孩
心中的愛，不曾忘懷

打開飯盒同學讚嘆的花式
紅蘿蔔，青椰菜，蛋白肚皮
圓滾滾的，一雙雙黑眼珠
望著靜好歲月，飯香，微風
鐘聲，一朵蒲公英輕輕
穿過迴廊，飄出了窗外
每天，規律中有變化

如你我譜寫生命的詩篇
無須言語，也難形容：
一個自由飛翔天際的夢
一雙遙望星星的瞳眸
一種讀進彼此心底的觸動
一陣熱能與爆裂

一顆新星的誕生
一道偶然閃過的炫光
一個無聲的深沉的夜
一切都在我們小小的窗幅
而月光又漸漸隱落
我們看不見的世界
有著他們和她們的故事

而這一切都在，默默
運行著……誰又在乎
愛是甚麼，詩是甚麼
意義與形式？

（二〇一九）

我只為你寫詩

你說我從不送你玫瑰
只有手寫一篇篇的詩
沒有浪漫的讚辭你說
我不曾歌頌你的美麗

關於詩，關於那些
藍天的憂鬱，在離別
的空間，海那樣的深沉
與寂寞；在思念的時刻
留白，或者餘音渺渺

想像如雲之變換形貌
晨光熹微，如花之隔著
籬笆向人淺笑，或者
默默無語，風吹過
湖面，微波依稀
如迷離的燈影
又回到夜窗之下尋覓
那如真若夢的世界
它是否存在？

我無法向你細說
愛是甚麼不是
甚麼，我只想
為你寫詩

（二〇二〇）

空氣中的一種感覺

空氣中有你
散發和軟的香氛
微風輕拂著薄紗
日光在陽臺逗弄花影
五月頹然走過每天
一樣寂靜的街道
藍鵲嘎嘎叫喚你說
椰樹上有片烏雲不知
午後會否落雨還是
把毛巾收進客廳來吧

於是空氣中多了一點
溼潤的感覺細柔
如一闋小令你最愛
吟誦：自在飛花
輕似夢。又無端想起
公主藍杯中的茶色好像
淡薄了些不如昨日渾厚
闔上書本你說你更喜歡
時間與回憶的主題
愛情就不用多說了

而雨始終不來
陽光吻別羞赧的雲

這時空氣中有種淡淡的
感覺微風吹拂著窗簾
而且掀開小說的扉頁
「長日將盡」你默默地
唸著，然後又翻到故事
開始的第一天……

（二〇二一）

當我們都老了

走一樣熟悉的街道
與你同行，並且爭論
藥妝店之前是麵攤還是
理髮廳，閃亮的日子
以緩慢的旋律依然迴盪
從閣樓傳下一縷斜斜
的日影，游絲在光河中
沉浮。我緊握你手
當我們都老了，世間
仍有許多長長又彎曲的道路

讀一本熟悉的詩集
與你分享，並且交換
我的憂愁和你不明所以
的感動，此情可待那時
已有不同的詮釋而詩句
更在你的淚眼中閃爍著
窗紗透進來的一點點
月光。我緊握你手
當我們都老了，夜燈
依舊點亮你斜放小說的床頭

（二〇二一）

後記

常常，我想起徐志摩的詩：「你我相逢在黑夜的海上。你有你的，我有我的，方向。你記得也好，最好你忘掉——在這交會時互放的光亮。」茫茫宇宙，邂逅相逢，是多麼奇妙又令人欣喜的事。

在愛與美之間，你我不期然地選擇了詩。我為己而作，也為你而寫。我們等待，風吹，鳥鳴，水流濺濺，深谷裡的回響，並且看白雲投影你我的波心，又飄過了山嶺，不知去向。或在縱橫交錯的阡陌上，充滿著期待與想像，偶然相會那一刻——我們微笑，點頭，說了些甚麼？恐怕不會記起，似也不曾忘卻，那種陌生又孰悉的感覺……彷彿，我們在平行時空裡，某個幽暗的角落，等候；對方，正驀然回首。詩，就是如此的一種存在，你我之間。

《我只為你寫詩》，選錄我在二〇一四至二〇二二年間的長短詩篇，計五十首。這是繼二〇〇四年《光年之外》出版的第二本詩集，題材內容與文辭風格既有延續也有新的嘗試，不過仍以時間課題和人間情事為主調。全書分七卷，四時詠物、地方書寫、回憶成長與心靈折影，都是我這些年來特別關心的題材。

長期教研中國詩詞，出入古典與現代之間，我尤其關注中文的語律和意象生成轉化的問題，希望能創造一種融古入今的語調，活化文字音義的抒情特色。希望讀者過目之餘，也能靜聽，字句間的音聲。

BOD Books on Demand

PG2820　秀詩人101

我只為你寫詩

作　　者 / 劉少雄
責任編輯 / 孟人玉
圖文排版 / 黃莉珊
封面設計 / 陳香穎

發 行 人 / 宋政坤
法律顧問 / 毛國樑　律師
出版發行 / 秀威資訊科技股份有限公司
114台北市內湖區瑞光路76巷65號1樓
電話：+886-2-2796-3638　傳真：+886-2-2796-1377
http://www.showwe.com.tw
劃撥帳號 / 19563868　戶名：秀威資訊科技股份有限公司
讀者服務信箱：service@showwe.com.tw
展售門市 / 國家書店（松江門市）
104台北市中山區松江路209號1樓
電話：+886-2-2518-0207　傳真：+886-2-2518-0778
網路訂購 / 秀威網路書店：https://store.showwe.tw
國家網路書店：https://www.govbooks.com.tw

2022年9月　BOD一版
定價：290元

讀者回函卡

國家圖書館出版品預行編目

我只為你寫詩 / 劉少雄著. -- 一版. -- 臺北市 :
秀威資訊科技股份有限公司, 2022.09
面； 公分. -- (語言文學類 ; PG2820) (秀詩人 ; 101)
BOD版
ISBN 978-626-7088-97-5(平裝)

863.51 111011318